la courte échelle

D0465236

Les éditions la courte échelle inc.

Bertrand Gauthier

Bertrand Gauthier est le fondateur des éditions la courte échelle. Il a publié plusieurs livres pour les jeunes, dont les séries *Zunik*, *Ani Croche* et *Les jumeaux Bulle*. Il a également publié deux romans dans la collection Roman+. Pour *Je suis Zunik*, Bertrand Gauthier a reçu le prix Alvine-Bélisle qui couronne le meilleur livre jeunesse de l'année et le prix Québec-Wallonie-Bruxelles. Ses romans sont aussi parmi les préférés des lecteurs et des lectrices du Club de la Livromagie. Et certains de ses livres ont été traduits en anglais, en chinois et en grec.

Bertrand Gauthier est un adepte de la bonne forme physique. Selon lui, écrire est épuisant et il faut être en grande forme pour arriver à le faire. Mais avant tout, Bertrand Gauthier est un grand paresseux qui aime flâner. Aussi, il a appris à bien s'organiser. Pour avoir beaucoup... beaucoup de temps pour flâner.

Abracadabra, les jumeaux sont là! est le neuvième roman qu'il publie à la courte échelle.

Daniel Dumont

Daniel Dumont est né en 1959. Il a fait des études en design graphique. Il possède maintenant son bureau, Dumont, Gratton, où il exerce ses talents de graphiste et d'illustrateur. On peut trouver ses illustrations dans plusieurs magazines, dont *Châtelaine*, *Coup de pouce* et *Le bel âge,* ainsi que dans des manuels scolaires et sur des affiches publicitaires. En 1988, son bureau a reçu le prix de l'Association des graphistes pour l'affiche de l'Orchestre symphonique de Montréal sur les Concerts Provigo Pops. En plus du dessin, il a une autre grande passion. C'est Lola, sa petite fille, qu'il adore même si elle ne fait pas partie d'un couple de jumeaux.

Abracadabra, les jumeaux sont là! est le troisième roman qu'il illustre à la courte échelle.

Du même auteur, à la courte échelle

Collection albums

Série Zunik:
Je suis Zunik
Le championnat
Le chouchou
La surprise
Le wawazonzon
La pleine lune

Collection Premier Roman

Série Les jumeaux Bulle:
Pas fous, les jumeaux!
Le blabla des jumeaux

Collection Roman Jeunesse

Série Ani Croche:
Ani Croche
Le journal intime d'Ani Croche
La revanche d'Ani Croche
Pauvre Ani Croche!

Collection Roman+

La course à l'amour
Une chanson pour Gabriella

Bertrand Gauthier

Abracadabra, les jumeaux sont là!

Illustrations
de Daniel Dumont

la courte échelle

Les éditions la courte échelle inc.

Les éditions la courte échelle inc.
5243, boul. Saint-Laurent
Montréal (Québec) H2T 1S4

Conception graphique:
Derome design inc.

Révision des textes:
Odette Lord

Dépôt légal, 1er trimestre 1991
Bibliothèque nationale du Québec

Données de catalogage avant publication (Canada)

Gauthier, Bertrand, 1945-

Abracadabra, les jumeaux sont là!

(Premier Roman; PR 17)
Pour enfants à partir de 7 ans.

ISBN: 2-89021-144-4

I. Dumont, Daniel.   II. Titre.   III. Collection.

PS8563.A97J485 1990   jC843'.54   C90-096492-8
PS9563.A97J85 1990
PZ23.G38ju 1990

1
Au pays du Soleil levant

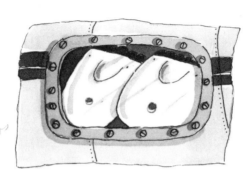

Par le hublot de l'avion, les jumeaux Bé et Dé Bulle admirent le ciel et la terre. Ils sont tout excités.

— Dans quelques instants, honorables passagers et honorables passagères, nous allons atterrir au pays du Soleil levant.

Bé et Dé accompagnent Mmes Tée et Lée. En effet, les jumelles chinoises ont été invitées à se rendre dans la ville de

Tokyo, au Japon.

Dès demain, elles doivent participer au CONCOURS IN-TERNATIONAL DE MAGIE DES JUMEAUX ET DES JUMELLES IDENTIQUES.

Ça n'a pas été facile de convaincre les parents des jumeaux Bulle d'accepter de les laisser partir. Après tout, le Japon est loin, très loin. Mais Mmes Tée et Lée ne renoncent jamais facilement.

Surtout à un projet qui leur tient vraiment à coeur. Elles savent être patientes et rusées.

Il ne faut pas oublier que ce sont elles qui, les premières, ont compris le blabla des jumeaux. À force d'observation et de patience, elles ont pu percer le secret du langage de Bé et de Dé.

Maintenant, grâce aux jumelles Tée et Lée, on peut lire, écouter, parler et comprendre le blabla.

$a = i$

$i = a$

$e = o$

$o = e$

D'une oreille distraite, les jumeaux écoutent le commandant de bord. Il donne ses derniers conseils avant l'atterrissage.

— Mesdames, messieurs, s'il vous plaît, ayez maintenant la gentillesse d'attacher vos ceintures. Ayez aussi l'amabilité de cesser de vous lever. *Gojōkyaku no minasama, dōzo...*

Après avoir répété le même message en japonais, le commandant le répète en anglais, en allemand, en espagnol et en chinois.

Mais pas en blabla.

Une fois rendues à l'intérieur de l'aéroport, après les quelques formalités d'usage, les jumelles se dirigent vers les bagages. Le carrousel est déjà rempli.

Autour, une foule de gens regardent nerveusement tourner les valises.

Ça amuse les jumeaux Bulle de voir tout ce monde observer des valises qui font une ronde.

Au bout d'une demi-heure, Mmes Tée et Lée récupèrent les bagages. En tout, six valises.

C'est maintenant le temps de trouver un taxi.

— Vite, vite, les jumeaux, suivez-nous, disent les jumelles.

Mais une bien mauvaise surprise les attend. Bé et Dé ne les suivent pas parce qu'ils ne sont plus là.

En avant, en arrière, à gauche, à droite, elles regardent partout. Rien à faire, il n'y a aucune trace d'eux.

Mais... mais... où sont-ils donc passés? Et depuis combien de temps ont-ils disparu? Et comment les retrouver dans cette foule aussi agitée?

Ça commence bien.

Aussitôt arrivés, aussitôt perdus.

— Les honorables dames Tée et Lée sont invitées à se présenter tout de suite au comptoir des gentils enfants égarés.

Une minute plus tard, les jumelles peuvent enfin recommencer à respirer. Assis par

terre, Bé et Dé sont là. Détendus,
ils s'amusent au jeu du miroir.

Face à face, chacun imite les
gestes de l'autre. Depuis quelque temps, c'est un jeu qui semble passionner les jumeaux.

Et qui les rend plutôt distraits.

Quand Bé et Dé aperçoivent leurs Chinoises préférées, ils les accueillent avec leur plus beau sourire.

— Au plus vite, un taxi et à l'hôtel! ordonne Mme Tée. Et cette fois, tout le monde se tient par la main.

— Sans aucune exception, ajoute Mme Lée.

Visiblement, les jumelles n'ont pas envie de rire. Elles semblent plutôt de très mauvaise humeur.

Heureusement, il y a de nombreux taxis vides. Mais les jumelles ne sont pas les seules à attendre une voiture. Il faut donc patienter et attendre son tour.

Vingt minutes plus tard, un chauffeur de taxi sort de sa

voiture. Il va à la rencontre des jumelles et des jumeaux.

Tout en faisant des révérences toutes les deux secondes, il ne cesse de répéter:

— *Kon'nichiwa, kon'nichiwa*...

Pour ne pas être impolis, les jumeaux et les jumelles font de même. Entre les révérences et les *kon'nichiwa*, on dépose finalement les bagages dans le coffre de la voiture.

Ça prend au moins quinze minutes pour placer les six valises dans l'auto.

Les jumelles sont épuisées.

— Oui, oui, *kon'nichiwa*, oui, oui, ça va, ça va, ça va, on a compris.

Les jumelles sont épuisées, mais surtout impatientes.

— Et maintenant, au plus vite, précise Mme Lée. On s'en va à l'hôtel des Parfaites Illusions, sur l'avenue du Temple Magique, le long du lac des Perles Disparues. C'est juste en face des jardins de la Montagne Secrète.

— Entre la boutique aux Miroirs Déformants et la fontaine des Sept Vies, sent le besoin d'ajouter Mme Tée.

Poliment, le chauffeur sourit. Il veut ainsi montrer qu'il sait exactement où est situé l'hôtel des Parfaites Illusions.

— *Hai arigatō, hai arigatō...*

Le reste de cette première journée au Japon se passe sans autre incident.

Le soir arrivé, avant de s'endormir, les jumelles décident de chanter une berceuse aux jumeaux. Elles veulent ainsi leur prouver qu'elles ne sont plus fâchées contre eux.

Dans leur lit, Bé et Dé ont déjà revêtu leurs beaux kimonos ornés de longs dragons rouges.

La fatigue et la berceuse font rapidement leur effet. Peu à peu, les paupières des jumeaux se ferment.

Kon'nichiwa bon après-midi
c'est ce qu'a dit
monsieur le chauffeur de taxi.

Hai arigatō oui merci
c'est ce qu'a dit
monsieur le chauffeur de taxi.

Oyasumi nasai bonne nuit
c'est ce qu'on dit
à nos petits anges chéris.

Et à vous aussi on dit
Oyasumi nasai bonne nuit
monsieur le chauffeur de taxi.

Comme de vrais petits anges, Bé et Dé se sont maintenant endormis.

À Tokyo, au Japon, en Asie.

En pensant à Pa et à Ma qui sont à l'autre bout du monde.

Et qui ont terminé, de leur côté, leur *oyasumi nasai*.

2
Les rois du désert

Dans la grande salle de l'hôtel des Parfaites Illusions, les gens commencent maintenant à s'impatienter.

Après quatre jours de forte compétition, les finalistes du CONCOURS INTERNATIONAL DE MAGIE DES JUMEAUX ET DES JUMELLES IDENTIQUES vont enfin être connus.

Les juges ont déjà fait leur choix. Dans quelques minutes,

trois couples pourront participer à la grande finale.

En attendant les résultats, les jumelles Tée et Lée sont nerveuses.

Feront-elles partie des finalistes?

Et que dire de Bé et de Dé?

Les jumeaux ont de la difficulté à rester assis calmement. Comme de vraies girouettes, ils ne cessent de regarder autour d'eux.

Depuis leur arrivée, le séjour au Japon des jumeaux et des jumelles se déroule bien. Les deux couples de jumeaux s'entendent sur presque tous les sujets.

Leur seul différend touche l'alimentation.

Bé et Dé n'arrivent pas à se décider à manger de la cuisine

japonaise. Ça fait bien rire Mmes Tée et Lée qui raffolent de tous ces plats orientaux.

Chaque jour, sous le nez des jumeaux, elles dégustent du poisson cru, de la soupe à la tortue ou du saumon fumé. Elles savourent des algues marines aussi difficiles à mastiquer que du caoutchouc.

Hier soir, toujours selon les jumeaux, elles ont dépassé les bornes.

À l'aide de leurs baguettes, elles ont mangé des sauterelles enroulées dans des feuilles de chrysanthème. Pour les jumelles, ces insectes et ces fleurs semblaient un véritable régal, le régal des régals.

Pour Bé et Dé, c'est un vrai mystère.

Ils se demandent comment
font Mmes Tée et Lée pour
avaler de telles horreurs. Et, en
plus, pour en raffoler autant.

Le rideau se lève enfin.

Le spectacle va bientôt com-
mencer.

Les deux animateurs de la

soirée de gala s'approchent du micro. Ce sont les jumeaux japonais To Kyo et Kyo To.

— Et sans plus tarder, place à nos premiers finalistes. Directement du Sahara, voici les honorables rois du désert, MM. Chat Mo et Chat Po.

Les deux Chat arrivent sur scène.

Po transporte un seau rempli de sable qu'il montre aussitôt à l'auditoire. Pendant ce temps, Mo défait le turban qui est enroulé autour de sa tête. Ensuite, il le déplie et l'étend soigneusement sur le sol.

Puis, les rois du désert s'emparent du micro.

— Nous avons besoin de volontaires pour nous aider à exécuter notre numéro.

Aussitôt demandés, aussitôt là.

Les inséparables Bé et Dé ne se font jamais prier pour monter sur une scène. On les présente à la salle qui les applaudit.

Du seau rempli de sable, Mo sort alors un jeu de cartes. On demande aux jumeaux québécois d'en prendre une parmi les cinquante-deux qu'on leur présente.

Au hasard, ils choisissent donc une carte.

Ensuite, ils descendent dans la salle et vont montrer le roi de coeur à l'auditoire. En revenant sur scène, ils cachent la carte sous le turban blanc. À l'envers, bien sûr, pour que les deux Chat ne l'aperçoivent pas.

Maintenant, tout est prêt.

La musique devient plus forte.

Un, deux, trois, Bé et Dé lancent le sable dans les airs.

Quatre, cinq, six, Chat Pô souffle à pleins poumons avant

que le sable tombe sur le sol. Les vents du désert ne feraient pas mieux.

Sept, huit, neuf, Mo récite la formule magique.

Abracadabra
sable du Sahara
oublie les chameaux
et dessine ce qu'il faut.

Alors, le sable ralentit et se met à tourbillonner dans les airs. Il vient ensuite se déposer sur le turban.

Mais pas n'importe comment.

Peu à peu, sur le turban, on voit apparaître la tête d'un roi. Puis une couronne, suivie... suivie...

Non, ce n'est pas le roi de coeur qui apparaît sur le turban.

C'est un roi, mais malheureusement pour les Chat, c'est le roi de trèfle.

Pauvres Chat du désert, ils ont raté leur numéro de rois!

— Et qu'y a-t-il sous le turban? demande alors Chat Mo à l'auditoire.

Dans la salle, personne n'ose crier le roi de coeur. On ne veut pas faire de peine aux deux Chat.

Chat Mo invite alors Bé et Dé à soulever le turban et à retirer la carte qui s'y trouve.

Le roi de coeur a disparu. Sous le turban, c'est le roi de trèfle que Bé et Dé retrouvent.

Incroyable!

Mais comment ont pu faire Chat Mo et Chat Po?

— Bravo aux rois du désert

et vavo li migao! crient les jumeaux Bulle.

Dans la salle, la foule est debout.

On applaudit à tout rompre.

Chat Po et Chat Mo le méritent bien.

3
La danse des boas

— Et maintenant, passons à nos deuxièmes finalistes, annonce To Kyo. De Calcutta, en Inde, voici la danse des boas dirigée par les honorables jumelles Hima et Laya.

Revenus dans la salle, Bé et Dé assistent à l'arrivée des jumelles de Calcutta.

C'est impressionnant à voir.

Aux côtés des jumeaux Kyo, les jumelles Hima et Laya ont

l'air de véritables géantes. On devrait d'ailleurs les nommer les géantes de Calcutta.

Aussitôt entrées en scène, Hima et Laya prennent leurs flûtes et commencent à en jouer.

Des dizaines de boas sortent alors des coulisses. Ils s'approchent des géantes de Calcutta et viennent faire une ronde autour d'elles.

Les jumeaux connaissent bien la danse des canards. Mais c'est la première fois qu'ils assistent à la danse des boas.

À un moment donné, Bé et Dé comptent au moins cent boas sur la scène. Le cou de tous ces boas ne cesse de bouger. Cela donne à la ronde une allure endiablée.

Subitement, Hima arrête de

jouer et s'approche du micro.

— Maintenant, il nous faut des volontaires pour endormir les boas. Nous, on doit continuer toutes les deux à jouer de la musique. Nous avons besoin d'aide pour chanter la berceuse magique.

Inutile de le dire, personne ne tient à monter sur scène. Dans la salle, il règne un silence de mort. Des boas rampants et dansants, ça ne rend personne très courageux.

Peu à peu, cependant, les gens se mettent à regarder les jumeaux Bulle. Des centaines d'yeux sont maintenant fixés sur Bé et Dé.

Hima voit bien ce qui se passe et décide d'intervenir.

— N'ayez pas peur, les enfants, quand on leur joue de la musique, les boas sont doux comme des agneaux. Venez nous aider à les endormir.

Bé et Dé n'écoutent pas leur

courage, car ils n'en ont pas l'ombre d'une miette. Mais comme poussés par une force mystérieuse, les jumeaux Bulle se dirigent quand même vers la scène.

Hima explique alors quelque chose aux jumeaux, puis va rejoindre sa jumelle Laya. La musique des géantes de Calcutta se fait maintenant plus douce.

Sur la scène, Bé et Dé sont aussi immobiles que deux statues. De toute leur vie, ils ne se souviennent pas d'avoir déjà été en aussi mauvaise compagnie.

Pas à cause des géantes de Calcutta, bien sûr.

Mais à cause des deux cents yeux de boas qui semblent les épier à chaque seconde. Pour ne pas bouger, Bé et Dé osent à peine respirer.

Ils songent que le moindre de leurs gestes peut leur être fatal. En un rien de temps, la joyeuse compagnie de danseurs rampants peut bondir sur eux et les croquer.

Servir de festin à cent boas, c'est tout un contrat que les jumeaux Bulle ont accepté là.

Mille... cent... vingt... dix... deux... un et demi... un et quart... des poussières avant zéro... zé.....r.........ooooooooo.

Bé et Dé n'ont maintenant plus le choix.

Au plus vite, il faut endormir les danseurs rampants. D'une voix tremblotante, ils commencent alors à chantonner la berceuse des boas.

Loin de Calcutta
dansent cent beaux boas
aux pieds de Hima et de Laya
s'endorment cent gros boas.

Ça fonctionne.

Un à un, les boas s'endorment.

C'est un spectacle rassurant à voir pour les jumeaux.

Au bout de quinze minutes de musique et de berceuse, tous les boas se sont endormis.

Dans la salle, c'est encore le silence complet.

Même si le numéro est bien spectaculaire, on n'entend pas un seul applaudissement.

Il faut comprendre les spectateurs.

On ne tient pas à réveiller les honorables boas. On sait qu'ils dansent bien, mais on préfère les voir dormir.

Et ronfler, si possible.

Les géantes de Calcutta placent leurs cent beaux et gros boas dans des paniers d'osier. Pendant ce temps, Bé et Dé en profitent pour s'éclipser. Ils retournent s'asseoir dans la salle.

La scène est maintenant vide

de boas.

C'est alors que les jumelles de Calcutta reviennent saluer.

Dans la salle, c'est le délire.

La danse des boas a été appréciée. Surtout maintenant que tous les boas dorment paisiblement.

Encore sous le choc, Bé et Dé ne réagissent pas. Vissés à leur fauteuil, ils semblent complètement hypnotisés.

Les applaudissements terminés, Mmes Tée et Lée se rassoient. Et elles ont la surprise de constater que les jumeaux se sont endormis.

Profondément.

Et que Bé et Dé ronflent.

Bruyamment.

4
Les trèfles
à quatre feuilles

— Voici maintenant l'honorable instant de connaître nos troisièmes finalistes, lance alors Kyo To au micro.

Dans la foule, on sent une grande nervosité. Surtout chez les participants au CONCOURS DE MAGIE.

En effet, pour tous ces concurrents et toutes ces concurrentes, l'heure de la dernière chance vient de sonner. Dans quelques secondes, le dernier couple sera choisi.

— Applaudissez les honorables jumelles Tée et Lée, nos troisièmes et dernières finalistes.

La foule obéit à Kyo To.

Puis tout le monde attend.

Quelques instants, une minute, deux minutes, cinq minutes.

Au micro, à tour de rôle, les jumeaux Kyo continuent à appeler Mmes Tée et Lée.

— Mais où sont passées les honorables concurrentes du Québec? Nous auraient-elles abandonnés ou font-elles le célèbre numéro des jumelles invisibles?

Maintenant dix minutes.

— Dernier appel avant la disqualification, annoncent à regret les jumeaux Kyo.

Pendant ce temps, dans la salle, les jumelles Tée et Lée tentent désespérément de réveiller Bé et Dé.

— Vite, vite, réveillez-vous, les jumeaux. C'est à notre tour de monter sur scène. On fait partie des finalistes. Quand on est aussi près de remporter la victoire, ce n'est pas le temps de s'endormir. Illens, illens, dobeut.

La foule commence à s'impatienter.

Et les animateurs japonais n'ont plus le choix.

— Malheureusement, les honorables jumelles du Québec sont disqualif...

— Non, non, non, nous sommes dans la salle, crie juste à temps Mme Tée. Dans deux minutes, nous serons sur scène.

La disqualification est évitée de justesse.

Toutefois, il est impossible de réveiller les jumeaux. Ils sont plongés dans un profond sommeil.

Mmes Tée et Lée n'ont donc pas le choix. Dans leurs bras, elles transportent Bé et Dé jusqu'à l'arrière de la scène.

Trois minutes plus tard, les jumelles chinoises, représentantes du Québec, font leur apparition sur la scène. Elles tirent avec elles une grosse boîte recouverte d'un drap noir.

Mme Tée s'adresse à la foule.

— Excusez notre retard,

mais vous serez bientôt récompensés pour votre gentille patience.

Mme Lée enlève le drap noir qui recouvre la grosse boîte. Au fond du contenant transparent, on aperçoit Bé et Dé qui dorment paisiblement.

Quand tout le monde a bien vu, Mme Lée recouvre la boîte avec le drap noir.

En même temps, Mme Tée chantonne.

De ró ma fi sel li sa de
dins li sillo iu grind gilep
de sa li sel fi ma ró de
illoz fiaro vetro dede.

Aussitôt la chanson terminée, Mme Lée retire le rideau.

Surprise!

Il y a maintenant deux boas dans la boîte.

Et pas la moindre trace des jumeaux Bulle.

Où sont-ils donc passés?

— Regardez-les dormir, les chers petits anges, explique Mme Lée à l'auditoire.

Les projecteurs sont dirigés vers les deux fauteuils occupés par les jumeaux. Bé et Dé sont bien là, dans la salle.

Et ils dorment paisiblement.

Les spectateurs applaudissent.

Mme Lée remet alors le drap noir sur la boîte.

Puis, Mme Tée recommence à chantonner de plus belle.

Bó ot Dó róvoalloz-veus
ot teut do suato euvroz l'eoal
doux tròflos ì quitro fouallos
tròs vato velont vors neus.

Et brusquement, Mme Lée soulève le rideau.

Bé et Dé sont là, dans la boîte en verre.

Et bien réveillés.

Tous les deux déguisés en rois de trèfle, ils jouent de la flûte à bec.

Dans la salle, on s'inquiète.

Où sont maintenant passés les boas qui étaient dans la boîte?

Vite, on dirige les projecteurs dans la salle, vers les fauteuils où sont assis les jumeaux.

Surprise, pas de jumeaux!

Et pas de boas!

Mais deux beaux trèfles à quatre feuilles qui décorent deux turbans blancs.

Les spectateurs sont soulagés. Personne n'aurait aimé se trouver dans le voisinage des deux boas.

On manifeste sa satisfaction en criant de nombreux bravos. Le spectacle est maintenant terminé.

Avant de faire connaître les résultats du concours, on décide de donner quinze minutes de répit à tout le monde.

La grande question est maintenant sur toutes les lèvres.

Qui sera le grand gagnant? Qui remportera le BOGROYOYO, ce trophée unique et tant convoité?

Les deux Chat, les géantes de Calcutta ou Mmes Tée et Lée, les Chinoises venant du Québec?

Dans la salle, les avis semblent partagés.

Bonne chance aux membres du jury.

Ils n'auront vraiment pas la tâche facile.

5
Le BOGROYOYO

Les juges ont maintenant voté.

On remet une enveloppe à To Kyo et à Kyo To, les honorables animateurs de la soirée de gala. À l'intérieur, les noms des gagnants ou des gagnantes sont inscrits.

Les jumeaux Kyo sont nerveux.

Autant que tout l'auditoire.

— Avant de dévoiler les

noms des gagnants ou des ga-gnantes, il faut applaudir nos honorables finalistes.

Sans se faire prier, la foule obéit.

Et avec vigueur.

L'enveloppe est ouverte.

Les jumeaux Kyo semblent surpris. Tous les deux regardent le papier où doit être écrit le nom des gagnants.

Avec étonnement, ils consta-tent qu'il n'y a rien d'écrit. Le papier est blanc comme neige. Aucun gagnant ne sera donc couronné.

Pas de remise de prix.

Même pas un mot de félicita-tions aux finalistes.

Les jumeaux Kyo sont déçus. Ils ne savent pas comment annoncer la triste nouvelle à l'auditoire.

— Il faut s'attendre à tout dans un concours de magie, explique timidement To Kyo. Même au fait de ne pas avoir de gagnants...

Au fond de la scène, Kyo To se met alors à s'agiter.

Il y a de quoi.

Sur le papier blanc, il commence à voir des mots qui se forment.

— Le coup de l'encre à retardement! crie joyeusement Kyo To à la foule. Même les honorables membres du jury ont plein de tours dans leur sac.

Après quelques secondes, Kyo To peut enfin lire quelque chose.

— Applaudissons les honorables jumelles de Calcutta. Elles remportent le BOYOYO du courage grâce à leur numéro avec des boas.

Hima et Laya sont folles de joie.

Elles se dirigent vers la scène pour recevoir leur trophée. Pendant ce temps, To Kyo continue à observer le papier blanc remis par le jury. Il semble y avoir autre chose qui cherche à apparaître.

Pendant que Kyo To remet leur trophée aux jumelles de Calcutta, To Kyo s'empare du micro.

— Honorables confrères et consoeurs, je viens de lire ici le nom d'un deuxième gagnant. Ex aequo avec les jumelles de Calcutta, les honorables rois du désert remportent, eux aussi, un BOYOYO pour leur grande imagination.

Non pas un BOYOYO, mais deux BOYOYO.

Les gens sont heureux et le manifestent.

Sauf Mmes Tée et Lée qui sont bien déçues. Ainsi que Bé et Dé qui regrettent de s'être endormis. Ils ont l'impression d'avoir ainsi contribué à la défaite de leurs jumelles préférées.

Le gala est terminé.

Les lumières de la salle s'allument.

On commence tranquillement à quitter les lieux.

Le CONCOURS INTERNATIONAL DE MAGIE DES JUMEAUX ET DES JUMELLES IDENTIQUES est maintenant chose du passé.

Soudain, on entend un grand cri provenant des coulisses. Rapidement, les jumeaux Kyo reviennent sur scène et To Kyo reprend le micro.

— Ne partez pas tout de suite. Revenez, revenez, l'honorable soirée n'est pas encore terminée.

Coup de théâtre!

— Les honorables et charmantes dames Tée et Lée remportent le BOYOYO de la ruse. Je vous l'assure, ce n'est pas une

honorable blague de ma part. Tout ça est bien écrit sur la feuille remise par le jury.

Dans ce cas-ci, il faut l'admettre, l'encre à retardement a agi plutôt lentement. Elle a tardé à dévoiler ses secrets.

— Et ce n'est pas tout, ajoute Kyo To. Notre honorable assistance est priée de bien vouloir se rasseoir.

Un murmure d'étonnement s'élève dans la foule. Personne

ne semble comprendre pourquoi il faut ainsi se rasseoir. En effet, tous les finalistes ont maintenant reçu un BOYOYO.

Que vont encore inventer les honorables membres du jury?

To Kyo ne tarde pas à reprendre la parole.

— Les grands gagnants, ce sont les honorables jeunes jumeaux Bulle. Ils sont les seuls à retourner chez eux avec le célèbre, l'unique et l'honorable BOGROYOYO.

Dans la salle, on ne sait plus quoi penser.

— Oui, vous avez bien compris, continue To Kyo. Tout au long du concours, Bé et Dé Bulle ont manifesté énormément de courage en affrontant cent boas. En plus, ils ont montré une grande imagination en côtoyant les rois du désert.

Un peu remise de sa surprise, la foule commence à réagir aux propos de To Kyo.

— Et enfin, les jumeaux ont fait preuve de beaucoup de ruse dans le numéro des trèfles à quatre feuilles, continue l'animateur japonais. C'est pourquoi, malgré leur jeune âge, ils méritent donc d'être les honorables grands gagnants du BOGROYOYO.

La foule est d'accord.

Elle le manifeste en portant en triomphe les jumeaux Bulle. Au milieu des bravos, Bé et Dé ont de quoi être fiers. Et ils le sont.

Qui aurait pu croire ça?

Mmes Tée et Lée, leurs jumelles préférées, repartent avec

un BOYOYO. Et eux, ils gagnent
le BOGROYOYO.

Que demander de plus?

En serrant contre eux leur BOGROYOYO, Bé et Dé songent alors à leurs parents. Ils s'ennuient de Pa et de Ma qui sont si loin d'eux.

Dans moins de quarante-huit heures, Bé et Dé pourront enfin retrouver Pa et Ma. Et tout leur raconter.

Joyeusement.

Et leur faire admirer le célèbre, l'unique et l'honorable BOGROYOYO qu'ils ont gagné.

Dans moins de deux jours, Bé et Dé vont pouvoir sauter au cou de leurs parents.

Et les serrer fort.

Bien fort dans leurs honorables bras.

Table des matières

Achevé d'imprimer
sur les presses de Litho Acme Inc.
1er trimestre 1991